Herr Meek spielt Polo

Clifford D. Simak

Writat

Diese Ausgabe erschien im Jahr 2024

ISBN: 9789359948621

Herausgegeben von
Writat
E-Mail: info@writat.com

Herr Meek spielt Polo

Von CLIFFORD D. SIMAK

**Mr. Meek hatte seine Probleme. Erstens
machten ihm die *gebildeten Käfer Sorgen;* Dann
versuchte der Sozialarbeiter, die Fehde der Ringratten zu beenden,
indem er seine Hilfe in Anspruch nahm. Und jetzt war er ein
einberufener Space-Polo-Spieler – eine Wette auf seine Fähigkeiten
bei einem Spiel, das er in seinem abgeschiedenen Leben noch nie
gespielt hatte.**

Auf dem Schild stand:

*Atommotoren repariert. Kaputte
Platten ausgebessert. Raketenrohre unterfüttert. Keuche rein, flitze raus!*

Im Nachhinein fügte es in zitternder, unfachmännischer Schrift hinzu:

Wir reparieren alles.

Mr. Oliver Meek starrte eulenhaft auf das Schild, das an einem Arm hing, der
an einer im Fels versenkten Metallsäule befestigt war. Direkt unterhalb des
Metallarms war ein zweites Schild mit der Standarte verbunden, dessen
Legende jedoch schwach und fast unleserlich war. Meek blinzelte es durch
seine Brille mit dicken Brillengläsern an und entzifferte schließlich das
Gekritzel:

FRAGEN SIE NACH GEBILDETEN BUGS.

Etwas verwirrt, aber entschlossen, es sich nicht anmerken zu lassen, wandte
sich Meek vom Wegweiser ab und betrachtete ernst die Siedlung. Auf der
Karte war dies durch einen ziemlich großen Punkt gekennzeichnet, aber das
war nur eine Frage des Vergleichs. Auf dem Weg zum Saturn erlangt selbst
der kleinste Außenposten eine Bedeutung, die weit über seine Größe
hinausgeht.

Die Felsplatte hatte einen Durchmesser von höchstens fünf Meilen, vielleicht
sogar weniger. Hier, ungefähr in der Mitte, befanden sich zwei Gebäude,
beide von nahezu identischer Konstruktion, halbkugelförmig und aus Metall.
Hier draußen, erkannte Meek, war Schutz das Richtige. Architektur nur um
der Architektur willen lag noch in weiter Ferne.

Eines der Gebäude war die Reparaturwerkstatt, für die das Schild warb. Das
andere war der grob bemalten Legende über der Eingangsschleuse zufolge
das *Saturn Inn* .

Der Rest des Felsens war schlicht und einfach ein Landeplatz. Blaster hatten die Höcker und Unebenheiten eingeebnet, damit Raumschiffe Platz nehmen konnten.

Zwei Schiffe befanden sich jetzt auf dem Feld und hielten dicht an der Reparaturwerkstatt. Einer gehörte, wie Meek bemerkte, der Solar Health and Welfare Department, der andere der Galactic Pharmaceutical Corporation. Das galaktische Schiff war ein Frachter, schwerfällig und langsam. Meek wusste, dass es hier war, um eine Ladung Strahlungsmoos aufzunehmen. Aber das andere war ein Rätsel. Meek runzelte die Stirn und blinzelte mit den Augen, während er versuchte herauszufinden, was ein Wohlfahrtsschiff in dieser abgelegenen Ecke des Sonnensystems tun würde.

Langsam und vorsichtig stapfte Meek auf die kleine Reparaturwerkstatt zu. Ein- oder zweimal stolperte er und hoffte inbrünstig, dass sich die Füße seines sperrigen Raumanzugs nicht verheddern würden. Die Schwerkraft war gering, fast nicht vorhanden, und jemand, der nicht daran gewöhnt war, musste die Dinge ruhig angehen lassen und sich daran erinnern, wo er war.

Hinter ihm füllte Saturn ein Zehntel des Himmels aus, eine gelbe, zitronenfarbene Kugel, hier und da von schwachen purpurnen Linien durchzogen und mit wütenden, hellgrünen Flecken übersät.

Rechts und links glitzerten die wirbelnden, sich windenden und taumelnden Felsen, aus denen der Innere Ring bestand, während sich über dem Horizont gegenüber von Saturn die glitzernden Regenbogen der anderen Ringe bogenförmig befanden.

„Wie Tautropfen in der Dunkelheit des Weltraums", murmelte Meek vor sich hin. Aber er schämte sich sofort dafür, dass er poetischer wurde. Er wusste, dass dieser Raumabschnitt nicht im Geringsten poetisch war. Es war hart und grausam, und als er darüber nachdachte, zog er seinen Waffengürtel hoch und schlug mit festerem Schritt zu, der ihn fast aus der Fassung brachte. Danach versuchte er an nichts anderes mehr zu denken, als seine beiden Füße unter sich zu halten.

Als er die Eingangsschleuse der Werkstatt erreichte, stemmte er sich fest zusammen, um das Gleichgewicht zu halten, streckte die Hand aus und drückte auf einen Summer. Schnell drehte sich das Schloss nach außen und einen Moment später hatte Meek das Eingangsgewölbe passiert und das Büro betreten.

Ein Mechaniker in Latzhose saß schief auf einem Stuhl an der Wand, die Füße auf dem Schreibtisch, eine fettige Mütze auf den Kopf geschoben.

Meek stampfte dankbar mit den Füßen und freute sich, wieder die Schwerkraft der Erde unter sich zu spüren. Er hob den aufklappbaren Helm seines Anzugs wieder auf seine Schultern.

„Sind Sie der Gentleman, der Dinge reparieren kann?" er fragte den Mechaniker.

Der Mechaniker starrte. Hier war kein aus Leder gefertigter Frachterpilot, kein schnurrbärtiger Wanderer der äußeren Umlaufbahnen. Meeks Haare waren weiß und standen in ungekämmten Büscheln in ein Dutzend Richtungen ab. Seine Haut war blass. Seine blauen Augen sahen hinter den dicken Brillengläsern, die auf seiner Nase saßen, wässrig aus. Selbst der sperrige Raumanzug konnte seine gebeugten Schultern und seine schlanke Statur nicht verbergen.

Der Mechaniker sagte nichts.

Meek versuchte es noch einmal. „Ich habe das Schild gesehen. Da stand, dass man alles reparieren kann. Also …"

Der Mechaniker schüttelte sich.

„Sicher", stimmte er zu, immer noch leicht benommen. „ Klar kann ich dich reparieren. Was hast du?"

Er schwang seine Füße vom Schreibtisch.

„Ich bin auf einen Schwarm Kieselsteine gestoßen", gestand Meek. „Eigentlich nicht viel mehr als Staub, aber der Bildschirm konnte das alles nicht aufhalten."

Er fummelte verlegen mit seinen Händen herum. „Peinlich von mir", sagte er.

„Das passiert den Besten", tröstete der Mechaniker. „Saturn fegt in Wolken aus dem Zeug. Dicker als die Hölle, wenn man die Ringe erreicht. Viele Schiffe landen mit Reifenschäden. Das wird nicht lange dauern."

Meek räusperte sich unruhig. „Ich fürchte, es ist mehr als ein Reifenschaden. Ein Kieselstein ist in die Instrumente geraten. Einige davon wurden ausgewaschen."

Der Mechaniker gluckste mitfühlend. „Sie haben Glück. Es ist schwierig, ein Schiff ohne alle Instrumente an Land zu bringen. Muss ein toller Navigator sein."

„Ich habe kein Navi", sagte Meek leise.

Der Mechaniker starrte ihn mit leuchtenden Augen an. „Du meinst, du hast es alleine reingebracht? Niemand bei dir?"

Meek schluckte und nickte. „Koppelnavigation", sagte er.

Der Mechaniker strahlte vor plötzlicher Bewunderung. „Ich weiß nicht, wer Sie sind, Herr", erklärte er, „aber wer auch immer Sie sind, Sie sind der verdammt beste Pilot, der jemals ins All geflogen ist."

„Das bin ich wirklich nicht", sagte Meek. „Ich habe nicht viel geflogen, wissen Sie. Bis vor Kurzem hatte ich die Erde noch nie verlassen. Buchhalter für Mondexporte."

"Buchhalter!" schrie der Mechaniker. „Wie kommt es, dass ein Buchhalter mit so einem Schiff umgehen kann?"

„Ich habe es gelernt", sagte Meek.

„Du hast es gelernt?"

„Klar, aus einem Buch. Ich habe mein Geld gespart und studiert. Ich wollte schon immer das Sonnensystem sehen und hier bin ich."

Benommen nahm der Mechaniker seine fettige Mütze ab, legte sie vorsichtig auf den Schreibtisch und griff nach einem Raumanzug, der an einem Wandhaken hing.

„Ich habe Angst, dass dieser Job eine Weile dauern könnte", sagte er. „Vor allem, wenn wir auf Teile warten müssen. Wir müssen sie aus Titan City holen. Warum gehst du nicht rüber zum *Gasthaus* ? Sag Moe, dass ich dich geschickt habe. Sie werden dich gut behandeln."

„Danke", sagte Meek, „aber es gibt noch etwas anderes, worüber ich mich wundere. Da draußen war noch ein weiteres Schild. Etwas über gebildete Käfer."

„Oh, sie", sagte der Mechaniker. „Sie gehören Gus Hamilton. Vielleicht ist „gehören" nicht das richtige Wort, denn sie waren auf der Kippe, bevor Gus übernahm. Wie auch immer, Gus ist mächtig stolz auf sie, obwohl sie ihn manchmal ziemlich fertig machen. Im ersten Jahr haben sie ihn fast vertrieben verrückt und versucht herauszufinden, was für ein Spiel sie spielten.

"Spiel?" fragte Meek und fragte sich, ob er betrogen wurde.

„Sicher, Spiel. Wie Dame. Nur ist es nicht … Schach auch nicht. Noch schlimmer. Käfer graben sich eine Menge Löcher, wählen dann die Seiten und spielen stundenlang. Ungefähr zu der Zeit, als Gus glaubte, er hätte es geschafft Ich habe herausgefunden, dass sie die Regeln ändern und ihn wieder rauswerfen würden.

„Das macht keinen Sinn", protestierte Meek.

„Fremder", erklärte der Mechaniker feierlich, „ an diesen Käfern gibt es nichts, was einen Sinn ergibt. Gus' Stein ist der einzige, auf dem sie sind. Gus denkt, dass der Stein vielleicht nicht einmal zum Sonnensystem gehört." Denkt, es ist vielleicht ein Stück Stein aus einem anderen Sonnensystem. Vielleicht ist es irgendwie durch den Weltraum geflogen und vom Saturn eingefangen worden. Das würde erklären, warum es das einzige ist, das die Käfer mitbringt ."

„Dieser Gus Hamilton", sagte Meek. „Ich würde ihn gerne sehen. Wo könnte ich ihn finden?"

„Gehen Sie rüber zum *Gasthaus* und warten Sie dort", riet der Mechaniker. „Er wird früher oder später vorbeikommen. Kommt regelmäßig vorbei, außer wenn sein Rheuma ihn stört, um ein Bündel Zeitungen zu holen. Er abonniert eine Tageszeitung, das tut er. Der einzige Mann hier draußen, der etwas liest. Aber er ist alles." Gus ist verrückt nach Sport.

II

Moe, Barkeeper im Saturn Inn, stützte seinen Ellbogen auf die Bar und stützte sein Kinn auf eine ausgestreckte Handfläche. Sein Gesicht hatte einen melancholischen, schiefen Ausdruck. Moe mochte es einigermaßen friedlich, aber jetzt sah er, dass der Ärger in großen Mengen auf ihn zukommen würde.

„Lady", erklärte er traurig, „Sie haben sich wirklich einen Job ausgesucht. Die Jungs hier haben es nicht gern, gefördert und verbessert zu werden. Sie sind es auch nicht wert. Sie sind nur Ringratten, das ist alles."

Henrietta Perkins, Vertreterin der Gesundheits- und Wohlfahrtsabteilung der Solarregierung, schauderte bei seinem Vorschlag, etwas so Niedriges vorzuschlagen, dass man sich nicht nach Besserung sehnte.

„Aber diese schrecklichen Fehden", protestierte sie. „Kämpfen, nur weil sie in verschiedenen Teilen des Rings leben. Es ist natürlich, dass sie vielleicht eine gewisse Rivalität verspüren, aber all dieses Töten! Bestimmt gefällt es ihnen nicht, getötet zu werden."

„ Klar macht es ihnen Spaß", erklärte Moe. „Vielleicht nicht getötet werden ... obwohl sie bereit sind, das Risiko einzugehen. Tatsächlich werden nicht viele von ihnen getötet. Nur ein paar, die irgendwie nachlässig werden. Aber selbst wenn einige von ihnen getötet werden, Sie Wenn die Jungs in den Sektoren 23 und 37 ihre Fehden nicht austragen würden, müssten sie einfach jemanden haben, mit dem sie kämpfen können Ich kämpfe seit Jahren hin und wieder.

„Aber sie könnten mit etwas anderem als mit Waffen kämpfen", sagte die Sozialhilfedame und grinste vor Rechtschaffenheit. „Deshalb bin ich hier. Um zu versuchen, sie dazu zu bringen, ihre natürlichen Rivalitätsgefühle in weniger tödliche und verstörende Kanäle umzuwandeln. Ihre Energie in andere Aktivitäten zu lenken."

„Wie was?" fragte Moe und befürchtete das Schlimmste.

„Sportveranstaltungen", sagte Miss Perkins.

„Vielleicht Tin Shinny ", schlug Moe vor und versuchte sarkastisch zu klingen.

Sie vermisste den Sarkasmus. „Oder Rechtschreibwettbewerbe", sagte sie.

„Der Kerl kann nicht buchstabieren", beharrte Moe.

„Irgendwelche Spiele also. Wettkampfspiele."

„Jetzt redest du", schwärmte Moe. „Sie nehmen an Spielen teil. Siebenzehiger Pete mit den Deuces Wild."

Die Innentür der Eingangsschleuse öffnete sich knarrend und eine Gestalt im Raumanzug humpelte in den Raum. Das Visier des Raumanzugs klappte hoch und ein Büschel grauer Schnurrhaare schoss ins Blickfeld.

Es war Gus Hamilton.

Er starrte Moe böse an. „Was zum Teufel soll das alles für eine Dummheit sein?" er forderte an. „Ich habe Ihre Nachricht erhalten, und hier bin ich. Aber es ist besser, wichtig zu sein."

Er humpelte zur Bar. Moe griff nach einer Flasche und schob sie ihm zu, ohne ihn erreichen zu können.

„Haben Sie Probleme?" fragte er und versuchte lässig zu sein.

„Ärger! Verdammt, ja!" tobte Gus. „Aber ich bin nicht der Einzige, der Schwierigkeiten haben wird. Jemand hat sich rübergeschlichen und den Injektor aus meiner Raumkiste gestohlen. Ich musste mir Hanks ausleihen, um hierher zu kommen. Aber ich weiß, wer es war. Es gibt nur einen ." Eine andere Ringratte hat eine Rakete bekommen, in die mein Injektor passt.

„Bud Craney", sagte Moe. Es war kein Geheimnis. Jeder Mann in den beiden Sektoren des Rings wusste genau, was für ein Raumschiff der andere hatte.

„Das stimmt", sagte Gus, „und ich habe vor, nach 37 zu gehen und Bud an den Wurzeln hochzureißen."

Er nahm einen Schluck Alkohol. „Ja, Sir, mein Ziel ist es, ihn zu kreuzigen."

Sein Blick fiel auf Miss Henrietta Perkins.

"Besucher?" er hat gefragt.

„Sie ist von der Regierung“, sagte Moe.

„Umsatz?“

„Nö. Von der Sozialhilfe. Ziel ist es, euch zu helfen. Er sagt, dass es keinen Sinn macht, wenn ihr Jungs aus 23 die ganze Zeit mit der Bande aus 37 kämpft.“

Gus starrte ungläubig.

Moe versuchte hilfreich zu sein. „Sie möchte, dass du Spiele spielst.“

Gus würgte an seinem Getränk, schnappte nach Luft und wischte sich die Augen.

„Deshalb hast du mich also hierher gebeten. Wieder eins deiner verdammten Friedensverhandlungen. Komm und besprich die Dinge, hast du gesagt. Also bin ich gekommen.“

„Da ist etwas dran, was sie sagt“, verteidigte Moe. „Ihr Ringratten zerfetzt schon seit langer Zeit den Weltraum. Es wird Zeit, dass ihr erwachsen werdet und sesshaft werdet. Ihr habt jetzt vor, rüberzugehen und Bud zu pulverisieren. Das wird euch nichts nützen.“

„Ich werde eine Menge Befriedigung daraus ziehen“, beharrte Gus. „Und außerdem bekomme ich meinen Injektor zurück. Könnte sogar ein paar Dinge von Buds Schiff abnehmen. Einige der Teile an meinem sind ziemlich dünn.“

Gus nahm noch einen Schluck und warf Miss Perkins einen finsteren Blick zu.

„ Also hat die Regierung Sie losgeschickt, um uns respektabel zu machen“, sagte er.

„Nur um Ihnen zu helfen, Mr. Hamilton“, erklärte sie. „Um Ihren Hass in gesunden Wettbewerb umzuwandeln.“

„Spiele, was?“ sagte Gus. „Vielleicht hast du doch etwas. Vielleicht könnten wir ein Spiel auf die Beine stellen …“

„Vergiss es, Gus“, warnte Moe. „Wenn Sie an Energiekanonen auf fünfzig Schritt Entfernung denken, ist das ausgeschlossen. Miss Perkins wird so etwas nicht dulden.“

Gus wischte sich den Schnurrbart ab und sah verletzt aus. „Nichts dergleichen“, bestritt er. „Verdammt, du denkst bestimmt, dass ich überhaupt keinen Sportsgeist habe . Ich dachte an einen echten Sport. Ein Spiel, das sie auf der Erde und dem Mars spielen. Lesen Sie darüber in meinen Zeitungen. Verfolge die Teams, das tue ich. Immer." wollte ein Spiel sehen, habe es aber nie getan.

Miss Perkins strahlte. „Was ist das für ein Spiel, Mr. Hamilton?"

„Weltraumpolo", sagte Gus.

„Warum, wie wunderbar", lächelte Miss Perkins. „Und ihr Jungs habt die Raumschiffe, mit denen ihr spielen könnt."

Moe sah alarmiert aus. „Miss Perkins", warnte er, „lassen Sie sich nicht von ihm überreden."

„Du hast deine Falle geschlossen", schnappte Gus. „Sie möchte, dass wir Spiele spielen, nicht wahr? Nun, Polo ist ein Spiel. Ein schönes, respektables Spiel. Gespielt in der besten Gesellschaft."

„Es wäre kein schönes, respektables Spiel, so wie ihr es spielen würdet", prognostizierte Moe. „Es würde zu einem Massenmord werden. Es wäre keiner von euch, der nicht vorhatte, sich mit jemand anderem zu rächen, sobald er an die Öffentlichkeit kam."

Miss Perkins schnappte nach Luft. „Ja, ich bin mir sicher, dass sie das nicht tun würden!"

„ Natürlich würden wir das nicht tun", erklärte Gus feierlich wie eine Eule.

„Und das ist noch nicht alles", sagte Moe, der sich für das Thema interessierte. „Diese Kisten, die ihr habt, würden den ersten Chukker nicht überstehen. Die meisten von ihnen würden bei der ersten scharfen Kurve, die sie machten, ganz natürlich auseinanderfallen. Auf Schiffen, die mit Drahtseilen festgemacht sind, kann man nicht Polo spielen. Diese Besenstiele, auf denen ihr Ringratten reitet." Die Leute in der Gegend sind so an zweitklassigen Treibstoff gewöhnt, dass sie den ersten Spritzer Testmaterial , das Sie ihnen gegeben haben, weit aufgerissen haben.

Die inneren Schlösser öffneten sich knirschend und ein Mann betrat den Raum.

„Du hast Vorurteile", sagte Gus zu Moe. „Du magst einfach kein Weltraumpolo, das ist alles. Du hast kein Blaublut in dir. Wir überlassen es diesem Mann hier. Wir werden ihn nach seiner Meinung dazu fragen."

Der Mann warf seinen Helm zurück und enthüllte einen von weißen Haaren bedeckten Kopf, der von einer übergroßen Brille dominiert wurde.

„Meine Meinung, Sir", sagte Oliver Meek, „bedeutet selten viel."

„Alles, was wir wissen wollen", sagte Gus zu ihm, „ist , was Sie von Weltraumpolo halten."

„Weltraumpolo", erklärte Meek, „ist ein edles Spiel. Es erfordert erfahrene Piloten, ein feines Gespür für Timing und …"

„Da siehst du!" jubelte Gus triumphierend.

„Ich habe einmal ein Spiel gesehen", sagte Meek freiwillig.

„Gut", brüllte Gus. „Du sollst unser Team trainieren."

„Aber", protestierte Meek, „aber … aber."

„Oh, Mr. Hamilton", frohlockte Miss Perkins, „Sie sind so wunderbar. Sie denken an alles."

„Hamilton!" quietschte Meek.

„Sicher", sagte Gus. „Alter Gus Hamilton. Züchten Sie das feinste verrottete Strahlungsmoos, das Sie je gesehen haben."

„Dann sind Sie der Gentleman, der Käfer hat", sagte Meek.

„Jetzt schauen Sie mal", warnte Gus, „passen Sie auf, was Sie sagen, sonst hänge ich Ihnen eins auf."

„Er meint deine Rockbugs", erklärte Moe hastig.

„Oh, sie", sagte Gus.

„Ja", sagte Meek, „ich interessiere mich für sie. Ich würde sie gerne sehen."

„Sehen Sie sie sich an", sagte Gus. „Herr, Sie können sie haben, wenn Sie sie wollen. Sie haben mich aus dem Haus getrieben, das haben sie. Sie stehen auf Metall. Jede Art von Metall, vor allem aber Legierungen. Iss das Zeug. Sie werden dich zu Tode stampfen." Ich war auf dem Weg zu einem Raumschiff, also musste ich zu einem anderen Felsen umziehen, um dort zu leben, aber sie haben mich einfach rausgeschmissen und ihnen die Wohnung überlassen, nachdem sie angefangen hatten, meine Hütte aufzufressen unter meinen Füßen hervor.

Meek sah niedergeschlagen aus.

„Dann kann ich ihnen nicht nahe kommen", sagte er.

„ Klar kannst du das", sagte Gus. "Warum nicht?"

„Na ja, ein Raumanzug ist aus Metall und …"

„Habe das alles in Ordnung gebracht", sagte Gus. „Du kommst mit mir zurück und ich schenke dir ein Paar Stelzen."

„Stelzen?“

„Ja. Holzstelzen. Diese verdammten Idioten wissen nicht, was Holz ist. Scheinen irgendwie Angst davor zu haben. Du kannst direkt zwischen ihnen hindurchgehen, wenn du willst, solange du auf den Stelzen gehst.“

Meek schluckte. Er konnte sich vorstellen, wie Stelzenlaufen an einem Ort sein würde, an dem die Schwerkraft nur ein leises Flüstern war.

III

Die Käfer hatten eine neue Reihe von Löchern gegraben, ganz nach der Art eines chinesischen Schachbretts, und ließen sich nun an ihren jeweiligen Plätzen nieder, um den Beginn eines neuen Spiels vorzubereiten.

Über eine Meile oder mehr verlief über die flache Oberfläche des Felsens, der Gus Hamiltons Moosgarten war, eine Reihe solcher Spielbretter, jedes anders, jedes diente als Schauplatz eines inzwischen beendeten Spiels.

Oliver Meek rammte seine Stelzen vorsichtig in zwei mit Löchern versehene Felstaschen und ließ sich langsam und vorsichtig an der Oberfläche eines Steinklumpens entlang, der aus der Oberfläche ragte.

Selbst in seiner Jugend, erinnerte sich Meek, war er auf Stelzen nie besonders bewegungsfreudig gewesen. Hier, auf diesem ruckelnden, schwankenden Felsen mit glatten Oberflächen und praktisch keiner Schwerkraft, musste ein Mann ein Experte sein, um mit ihnen umzugehen. Meek wusste jetzt, dass er kein Experte war. Ein halbes Dutzend Dellen in seiner Raumpanzerung waren ein ausreichender Beweis dafür.

Bequem gegen den hervorstehenden Stein gestützt, kramte Meek in der Tasche seiner Raumausrüstung und holte ein Notizbuch und einen Stift heraus. Er blätterte die Seiten um und starrte stirnrunzelnd auf die Diagramme, die sie bedeckten.

Keines der Diagramme ergab einen Sinn. Sie zeigten die Muster von drei anderen Brettern und die Bewegungen, die die Käfer beim Spielen des Spiels gemacht hatten. Anscheinend war das Spiel in jedem Fall beendet. Was, wie Meek wusste, hätte bedeuten sollen, dass eine Lösung gefunden, ein Punkt gewonnen und ein Vorteil gewonnen worden war.

Aber soweit Meek beim Studium der Diagramme erkennen konnte, gab es nicht einmal einen Zweck oder ein Problem, geschweige denn eine Lösung oder einen Punkt.

Die ganze Sache war komisch. Aber, sagte sich Meek, es passte. Das ganze Saturnsystem war verrückt. Die Ringe zum Beispiel. Trümmer eines Mondes, die durch die Anziehungskraft des Saturn zerschmettert wurden? Raumfegen? Niemand wusste.

Saturn selbst übrigens. Ein Planet, der den Menschen mit tödlicher Strahlung in Schach hielt. Aber Strahlungen, die den Menschen zwar auf Distanz hielten, ihm aber gleichzeitig dienten. Denn hier, auf dem Inneren Ring, wo sie so verdünnt waren, dass gewöhnliche Weltraumpanzer sie herausfilterten, ermöglichten sie die medizinische Magie des berühmten Strahlungsmoos.

Als eine der wenigen Pflanzenarten, die in der Kälte des Weltraums vorkommen, wurde das Moos von diesen geheimnisvollen Strahlungen genährt. Anderswo gepflanzt, auf freundlicheren Welten, verwelkte es und weigerte sich zu wachsen. Die Strahlungen waren, wie Meek wusste, analysiert und unter Laborbedingungen reproduziert worden, aber es fehlte immer noch etwas, ein lebenswichtiger, schwer fassbarer Faktor, der nicht analysiert werden konnte. Unter der künstlichen Strahlung verwelkte das Moos noch und starb ab.

Und weil die Erde das Moos brauchte, um ein Dutzend Krankheiten zu heilen, und weil es nirgendwo anders als hier am Inneren Ring wachsen würde, hockten Männer auf dem verrückten Wirbel aus räumlichen Felsbrocken, aus denen der Ring bestand. Männer wie Hamilton lebten auf Felsen, die sich bewegten und entlang ihrer Umlaufbahn schwankten wie Splitter auf dem Kamm einer tosenden Flut. Männer, die die Einsamkeit ertrug, den Tod wagten, wenn sich knirschende Umlaufbahnen kreuzten, oder die wahnsinnig wurden, weil sie nichts zu tun hatten und den Spott des Weltraums vor sich sahen, als klapprige Raumschiffe explodierten.

Meek zuckte mit den Schultern und ärgerte sich fast darüber.

Die Käfer hatten das Spiel gestartet und Meek reckte sich vorsichtig nach vorne und beobachtete gespannt, den Stift über dem Notebook schwebend.

Die winzigen insektenähnlichen Kreaturen krochen unbeholfen umher und sprangen feierlich in Löcher hinein und wieder heraus.

Wenn es gegnerische Seiten gäbe ... und wenn es ein Spiel wäre, müsste es welche geben ... sie schienen die Spielzüge nicht abzuwechseln. Meek gab jedoch zu, dass bestimmte Regeln und Bedingungen, die er nicht beachtet oder erkannt hatte, die Anzahl und Reihenfolge der Züge bestimmen könnten, die jeder Seite erlaubt waren.

Plötzlich herrschte Verwirrung an der Tafel. Einen Moment lang rannte ein halbes Dutzend Käfer wie verrückt umher, als suchten sie nach dem richtigen Loch, das sie besetzen konnten. Dann hatte plötzlich jede Bewegung aufgehört. Und im nächsten Moment waren sie wieder in Bewegung, wieder geordnet, aber sie kehrten ihre Bewegungen zurück und gingen mehrere Spielzüge über den Punkt der Verwirrung hinaus zurück.

Genauso wie man es tun würde, wenn man bei der Bearbeitung einer mathematischen Aufgabe einen Fehler gemacht hätte: zum Punkt des Fehlers zurückkehren und von dort aus wieder fortfahren.

„Nun, ich werde…", sagte Mr. Meek.

Meek versteifte sich und der Griffel schwebte aus seiner Hand und ließ sich sanft auf dem Felsen darunter nieder.

Ein mathematisches Problem!

Sein Atem gurgelte in seiner Kehle.

Er wusste es jetzt! Er hätte es die ganze Zeit wissen müssen. Aber der Mechaniker hatte über die Käfer beim Spielen gesprochen, und Hamilton auch. Das hatte ihn aus der Fassung gebracht.

Spiele! Diese Käfer spielten kein Spiel. Sie lösten mathematische Gleichungen!

Meek beugte sich vor, um zuzusehen, und vergaß, wo er war. Eine der Stelzen verrutschte und Meek spürte, wie er zu fallen begann. Er ließ das Notizbuch fallen und krallte hektisch in den leeren Raum.

Dann ging die andere Stelze, und Meek schwebte langsam nach unten, die Schwerkraft schwach, aber unaufhaltsam. Sein Kampf, das Gleichgewicht zu halten, hatte ihn nach vorne geschleudert, weg von der Felswand, und er fiel direkt über das Brett, auf dem die Käfer aufgereiht waren.

Er scharrte und trat in die Luft, schwebte aber immer noch mit unverändertem Kurs nach unten. Er schlug und hüpfte, schlug und hüpfte noch einmal.

Beim vierten Sprung gelang es ihm, seine Finger um einen winzigen Vorsprung der Oberfläche zu legen. Er kämpfte verzweifelt und kam wieder auf die Beine.

Etwas huschte über die Vorderseite seines Helms und er hob seine Hand vor sich. Es war voller Insekten.

Verzweifelt herumfummelnd schaltete er den Raketenmotor seines Anzugs ein, schoss in den Weltraum und steuerte auf den Felsen zu, wo die Lichter von Hamiltons Hütte mit dem Geflecht des Felsens blinkten.

Oliver Meek schloss die Augen und stöhnte.

„Gus wird mir dafür die Hölle heiß machen", sagte er sich.

Gus schüttelte nachdenklich die kleine Holzkiste und lauschte dem hektischen Hasten darin.

„Eigentlich", erklärte er wohlüberlegt, „sollte ich das übernehmen und in Buds Schiff verstauen. Rache mit ihm, weil er meinen Injektor geklaut hat."

„Aber Sie haben den Injektor zurückbekommen", betonte Meek.

„Oh, klar, ich habe es zurückbekommen", gab Gus zu. „Aber es war nicht orthodox, das war es nicht. Nur sein Eigentum zurückzubekommen, ist nicht gerechtfertigt. Ich hatte nie die Chance, Bud so auf die Schnauze zu schlagen, wie ich ihn hätte schlagen sollen . Moe hat mich dazu überredet." Er war derjenige, der die Idee hatte, dass die Sozialhilfedame zu Bud gehen und darüber reden sollte, wie wir uns beruhigen und so weitermachen sollten, sonst hätte Bud ihr das nie gegeben Injektor."

Er schüttelte traurig den Kopf. „Dieser Ring wird nie wieder derselbe sein. Wenn wir nicht aufpassen, werden wir höflich zueinander sein."

„Das wäre schrecklich", stimmte Meek zu.

„Wäre es aber nicht so", erklärte Gus.

Meek kniff die Augen zusammen und stürzte sich auf den Boden, wobei er auf Händen und Knien nach einem huschenden Ding suchte, das im Lampenlicht funkelte.

„Erwischt", schrie Meek und nahm den glänzenden Splitter in die Hand.

Gus öffnete den Deckel der Holzkiste zentimeterweise. Meek stand auf und steckte den Käfer hinein.

„Das macht insgesamt achtundzwanzig", sagte Meek.

„Ich habe dir gesagt", warf ihm Gus vor, „dass wir nicht alle erwischt haben. Du solltest dir deinen Anzug besser noch einmal genau ansehen. Die verdammten Dinger graben sich direkt in massives Metall und ziehen das Loch hinter sich her, scheint es. Am heimtückischsten." Flüche im ganzen verdammten System. Genau wie Chiggers auf der Erde.

„Chiggers", sagte Meek zu ihm, „graben sich in eine Person ein, um Eier zu legen."

„Vielleicht tun diese Dinge das auch", meinte Gus.

Das Radio auf dem Kaminsims gab ein Warnsignal ab und schaltete automatisch eine der regelmäßigen Nachrichtensendungen aus Titan City auf Saturns größtem Mond ein.

Die sirupartige Handelskammerstimme des Ansagers zitterte vor Aufregung und Stolz.

„Nächste Woche", sagte er, „wird das jährliche Mars-Erde-Footballspiel im Großraum New York auf der Erde ausgetragen. Aber in den Zeitungen der Erde heute Abend hat eine andere Geschichte sogar diesen berühmten Klassiker der Sportwelt auf den zweiten Platz verdrängt."

Er hielt inne und holte tief Luft und seine Stimme johlte geradezu vor Freude.

„Das Sportereignis, meine Damen und Herren, über das heute Abend auf den Straßen der Erde gesprochen wird, wird hier in unserem eigenen Saturnsystem ausgetragen. Ein Weltraumpolospiel. Wird von zwei Unbekannten gespielt, Amateurmannschaften im Inneren Ring haben noch nie zuvor Polo gespielt. Einige von ihnen wussten vielleicht zunächst nicht, was es war.

„Aber sie werden es spielen. Die Männer, die auf diesen ruckelnden Felsen reiten, aus denen der Innere Ring besteht, werden in ihren klapprigen Schiffen ins All fliegen und kämpfen. Und meine Damen und Herren, wenn ich sage, kämpft, dann ich." Es scheint, dass das Spiel eine Art Turnier sein wird, der letzte Kampf in einer seit Jahren andauernden Fehde Es spielt wirklich keine Rolle. Das Einzige, was zählt, ist, dass die Fehde wieder aufgenommen wird, wenn Männer aus Sektor 23 auf diejenigen aus Sektor 37 treffen bis zu seinem bitteren Ende ausgetragen werden, wenn die Schiffe aus dem Inneren Ring in den Weltraum fliegen, um die gefährlichste aller Sportarten auszuüben: Weltraumpolo. Denn der Ausgang dieses Spiels wird für immer über die Vorherrschaft eines der beiden Sektoren entscheiden. "

Meek erhob sich von seinem Stuhl, öffnete den Mund, als wollte er etwas sagen, sank aber wieder zurück, als Gus ihn zischte und zum Schweigen einen Finger an die Lippen hielt.

„Die Mannschaften sind jetzt im Training", fuhr der Nachrichtensprecher fort, der fröhliche Tonfall in seiner Stimme war noch immer unvermindert, „und es versteht sich, dass Sektor 23 zumindest zu Beginn den Vorteil hat, einen Polo-Experten an seiner Seite zu haben." Wer dieser Experte ist, kann niemand sagen, aber ..."

„Nein, nein", jaulte Meek und rappelte sich auf, doch Gus brachte ihn zum Schweigen, deutete mit dem Finger auf ihn und grinste wie ein bärtiger Kobold.

„... Die Wetten nehmen im gesamten Saturnsystem stark zu", sagte der Ansager, „aber da wenig über die Teams bekannt ist, sind die Quoten immer noch ausgeglichen. Es ist jedoch wahrscheinlich, dass in diesem Sektor Quoten gefragt sein werden." des Thirty-seven-Teams auf der Grundlage der Geschichte über den erfahrenen Trainer.

„Schon die Kühnheit eines solchen Spiels hat solarweite Aufmerksamkeit erregt und spezielle Schiffsflotten werden in den nächsten Tagen sowohl die Erde als auch den Mars verlassen, um Zuschauer zum Spiel zu bringen. Journalisten aus den inneren Welten, darunter einige der wichtigsten des Systems." berühmte Sportjournalisten, sind bereits unterwegs.

„Ursprünglich war das Spiel nur als Freizeitprojekt unter der Aufsicht des Ministeriums für Gesundheit und Soziales gedacht, aber plötzlich ist es zu einer Solarattraktion geworden. Die *Daily Rocket* auf der Erde bietet dem Siegerteam einen gigantischen Liebespokal an, während das …" *Morning Spaceways* hat einen weiteren liebevollen Pokal bereitgestellt, der nur geringfügig kleiner ist und den der Spieler als den wertvollsten für sein Team überreicht. Vielleicht haben wir Ihnen noch mehr über das Spiel zu erzählen, bevor die Nachrichtensendung zu Ende ist, aber in der Zwischenzeit werden wir damit fortfahren weitere Neuigkeiten von Solar int...."

Meek sprang auf. „Er meinte mich", jubelte er. „Das war ich, als er von einem berühmten Trainer sprach!"

„Sicher", sagte Gus. „Er konnte niemanden anders als dich gemeint haben."

„Aber ich bin kein berühmter Trainer", protestierte Meek. „Ich bin überhaupt kein Trainer. Ich habe in meinem ganzen Leben nur ein einziges Weltraum-Polospiel gesehen Zu...."

„Du wirst nichts Gesegnetes tun", sagte Gus. „Du lässt uns nicht im Stich. Du bleibst hier und gibst uns alle wichtigen Hinweise zum Spiel. Vielleicht bist du nicht so heiß, wie der Nachrichtensprecher behauptet hat, aber du bist ein verdammt besserer Anblick als alle anderen." sonst hast du hier wenigstens einmal ein Spiel gesehen und das ist mehr als jeder andere von uns."

"Aber ich...."

„Ich weiß nicht, was mit dir los ist", erklärte Gus. „Du tust nur so, als wüsstest du nichts über Polo, das ist alles. Vielleicht bist du auf der Flucht vor der Justiz. Vielleicht ist das der Grund, warum du unbedingt fliehen willst. Der einzige Grund, warum du überhaupt angehalten hast, war dein Schiff wurde aufgeheizt.

„Ich bin kein Flüchtling", erklärte Meek und richtete sich auf. „Ich bin nur ein Buchhalter, der das System sehen will."

„Vergiss es", sagte Gus. „Vergiss es. Niemand hier wird dich verraten. Wenn sie auch nur einen Blick darauf werfen, lähme ich sie einfach. Du bist also ein Buchhalter. Das reicht mir. Lass einfach niemanden sagen, dass du keiner bist. " Buchhalter und sehen, was mit ihm passiert.

Meek öffnete den Mund, um zu sprechen, schloss ihn dann wieder. Was war der Nutzen? Hier saß er wieder fest. Genau wie damals auf Juno, als dieser Prediger dachte, er sei ein Schütze, und ihn überredet hatte, die Aufräumarbeiten in der Stadt zu übernehmen. Nur war es dieses Mal ein Weltraumpolospiel und er wusste noch weniger über Weltraumpolo als über die Arbeit als Gesetzeshüter.

Gus stand auf und hinkte langsam durch den Raum. Schwerfällig zog er ein rotes Kopftuch aus seiner Gesäßtasche und staubte vorsichtig den Staub von der einzigen freien Stelle auf dem Kaminsims ab, zwischen dem Wecker und dem angelaufenen silbernen Modell eines Raketenschiffs.

„Ja, Sir", sagte er, „da wird sie wirklich hübsch aussehen."

Er wich zurück und starrte auf die Stelle im Regal.

„Ich kann sie jetzt fast sehen", sagte er. „Glitzert im Lampenlicht. Etwas, das mir Gesellschaft leistet. Etwas, das ich anschauen kann, wenn ich einsam werde."

"Worüber redest du?" forderte Meek.

„Dieser Becher, von dem das Radio gesprochen hat", sagte Gus. „Derjenige für das wertvollste Teammitglied."

Stotterte Meek. "Aber aber...."

„Ich werde sie gewinnen", erklärte Gus.

<hr>

IV

Saturn Inn war ausgebeult. Jeder Raum war überfüllt, in der Kabine schliefen jeweils ein halbes Dutzend in Staffeln. Wer keinen anderen Schlafplatz fand, breitete Decken in den engen Fluren aus, döste in Stühlen ein oder schlief auf dem Boden der Bar. Auf einige von ihnen wurde getreten.

Die Junior-Handelskammer von Titan City hatte ihr Möglichstes getan, um die Situation zu entschärfen, aber die Mitteilung war kurzfristig erfolgt. Ein halbes Dutzend nahegelegener Felsen, die hastig als Parkplatz eingeebnet worden waren, waren jetzt mit Hunderten von Raumfahrzeugen überfüllt, angefangen von dem schicken Zwei-Mann -Job von Billy Jones, dem Sportredakteur der *Daily Rocket* , bis hin zu den riesigen Ausflugsschiffen, die geschickt wurden erfolgt durch die drei großen Transportunternehmen. Ein paar hastig errichtete Unterkünfte halfen einigermaßen, aber keine dieser Unterkünfte hatte eine Bar und war größtenteils unbewohnt.

Moe, der Barkeeper im Gasthaus, geplagt von zu vielen Gästen, schlaff vor Schlaflosigkeit, sah Oliver Meek in der Menschenmenge herumtanzen, die gegen die Bar drängte, ganz nach der Art eines Korkens, der in einem tobenden Strudel gefangen war. Er streckte eine Hand aus und zerrte Meek gegen die Bar.

„Können Sie nicht etwas tun, um es zu stoppen?"

Meek blinzelte ihn an. „Was stoppen?"

„Dieses Spiel", sagte Moe. „Es ist schrecklich, Mr. Meek. Ehrlich gesagt. Die Menge hat die Kerle so aufgeregt, dass es sich um Massenmord handelt."

„Ich weiß es", stimmte Meek zu, „aber Sie können es jetzt nicht stoppen. Die Junior Chamber of Commerce würde jedem die Haut abziehen, der auch nur sagt, er würde es gerne stoppen sehen. Es ist mehr Publicity, als Saturn seitdem bekommen hat." Erste Expeditionen gingen hier verloren."

„Es gefällt mir nicht", erklärte Moe unbeirrt.

„Mir gefällt es auch nicht", gestand Meek. „Gus und die anderen Leute in seinem Team halten mich für einen Experten. Ich habe ihnen erzählt, was ich über Weltraumpolo weiß, aber es war nicht viel. Das Problem ist, dass sie denken, dass es alles ist, was man wissen muss. Sie denken, sie sind ein... Es ist ein Kinderspiel, zu gewinnen, und sie haben ihre Trikots auf das Spiel gewettet. Wenn sie verlieren, werden sie höchstwahrscheinlich einen Weltraumspaziergang machen.

Finger klopften auf Meeks Schultern und er drehte sich um. Über ihm ragte ein rotes Gesicht auf, aus dessen Mundwinkel eine Zigarette hing.

„Haben Sie gehört, dass Sie die Gruppe Twenty-Three trainiert haben?"

Meek schluckte.

„Billy Jones, das bin ich", sagten die Lippen mit der Zigarette. „Der beste Sportjournalist aller Zeiten. Ich habe versucht herauszufinden, wer du bist . Niemand sonst weiß es. Behandle dich richtig."

„Da müssen Sie sich irren", sagte Meek.

„Nie falsch", beharrte Jones. „Riecher für Neuigkeiten. Riechen Sie es. So. *Schnüffeln. Schnüffeln.* "

Seine Nase rümpfte sich, um einen Bluthund nachzuahmen, aber sein Gesicht veränderte sich ansonsten nicht. Die Zigarette baumelte immer noch und strömte Rauch in sein tränendes linkes Auge.

„Ich habe gehört, dass der Typ dich Meek genannt hat", sagte Jones. „Der Name kommt mir bekannt vor. Irgendwas mit Juno, nicht wahr? Habe ein paar Gauner zusammengetrieben. Irgendein Weltraummonster gefunden."

Eine andere Hand packte Meek an der Schulter und riss ihn buchstäblich herum.

„ Du bist also der Typ!" schrie der Besitzer der Hand. „Ich habe nach dir gesucht. Ich habe eine gute Idee, dir eine zu verpassen."

„Jetzt, Bud", schrie Moe mit wachsender Angst, „lass ihn in Ruhe. Er hat nichts getan."

Meek blickte mit offenem Mund in das wütende Gesicht des massigen Mannes, dessen Schulter immer noch von einer monströsen Pfote festgehalten wurde.

Bud Craney! Die Ringratte, die Gus' Injektor gestohlen hatte! Der Kapitän des Thirty-Seven-Teams.

„Wenn da Platz wäre", ärgerte sich Craney, „würde ich mit dir den Boden aufwischen. Aber da es keinen Platz gibt , werde ich dich einfach auf halber Strecke einschlagen."

„Aber er hat nichts getan!" schrillte Moe.

„Er ist ein Außenseiter, nicht wahr ?" forderte Craney. „Was hat er damit zu tun, hier reinzukommen und mit den Dingern herumzuspielen?"

„Ich mache keine Scherze, Mr. Craney", erklärte Meek und versuchte, würdevoll zu wirken. Aber es war schwer, würdevoll zu sein, wenn jemand einen an der Schulter hochhob, sodass die Zehen kaum den Boden berührten.

„ Ulp !“ sagte Mr. Meek zitternd.

„Das Einzige, was mit dir los ist“, beharrte der baumelnde Meek, „ist, dass du weißt, dass Gus und seine Männer dich auspeitschen werden. Sie hatten es jedenfalls getan. Ich habe ihnen nicht viel geholfen. Ich habe nicht geholfen.“ sie kaum.“

Craney heulte vor Wut. „Warum ... du ... du ...“

Und dann tat Oliver Meek etwas von dem, was niemand jemals von ihm erwartet hatte, am allerwenigsten von ihm selbst.

„Ich verwette mein Raumschiff gegen alles, was du hast“, sagte er.

Erstaunt öffnete Craney seine Hand und ließ ihn auf den Boden fallen.

„Du wirst was?“ er brüllte.

„Ich wette mit meinem Raumschiff“, sagte Meek, der immer noch wahnsinnig war, „dass Dreiundzwanzig dich schlagen wird.“

Er unterstrich es. „Ich gebe Ihnen sogar eine Quote.“

Craney schnappte nach Luft und stotterte. „Ich will keine Chancen“, schrie er. „Ich nehme es in Kauf. Mein Moosbeet an deinem Schiff.“

Jemand rief in der Menge Meeks Namen.

„Herr Meek! Herr Meek!“

„Hier“, sagte Meek.

„Was ist mit dieser Geschichte?" forderte Billy Jones, aber Meek hörte ihn nicht.

Ein Mann bahnte sich einen Weg durch die Menge. Es war einer der Männer aus Dreiundzwanzig.

„Mr. Meek", keuchte er, „Sie müssen sofort kommen. Es ist Gus. Er hat ganz Rheuma !"

Gus starrte Meek mit gequälten Augen an.

„Es hat sich an mich herangeschlichen, während ich geschlafen habe", quietschte er. „Bin bis jetzt jahrelang von mir entbunden. Hin und wieder hinkte er natürlich und bekam ab und zu ein paar Stiche, aber das war alles. Seit ich die Erde verlassen habe, war ich noch nie so gefesselt. Einer der Gründe." Ich bin nie zur Erde zurückgekehrt. Der Weltraum ist ein gutes Klima für Rheuma . Es ist kalt, aber trocken.

Meek blickte sich zu den zusammengedrängten Männern um und sah die Besorgnis, die sich in ihre Gesichter eingegraben hatte.

„Holen Sie sich eine Wärmflasche", sagte er zu einem von ihnen.

„Verdammt", sagte Russ Jensen, ein massiger gerahmter Raumfahrer, „näher als Titan City gibt es keine Wärmflasche."

„Dann ein Elektrokissen."

Jensen schüttelte den Kopf. „Keine Binden, auch nicht. Das Einzige, was wir tun können, ist, ihm Whisky einzuschenken, und wenn wir genug davon einschenken, um das Rheuma zu heilen , machen wir ihn betrunken und er wird bei diesem Spiel genauso wenig mitspielen können wie er." ist gerade jetzt."

Meeks schwache Augen blinzelten hinter seiner Brille und starrten Gus an.

„Wir werden sicher verlieren, wenn Gus nicht spielen kann", sagte Jensen, „und ich mit allem, was ich habe, auf unser Team gewettet habe."

Ein anderer Mann meldete sich zu Wort. „Meek könnte an Gus' Stelle spielen."

„Nein, das konnte er nicht", erklärte Jensen. „Die Ratten von Thirty-seven würden das nicht dulden."

„Sie konnten nichts dagegen tun", erklärte der andere Mann. „Meek ist heute sechs Wochen hier. Das macht ihn zu einem Bewohner. Sechs Wochen auf der Erde, sagt das Gesetz. Und die ganze Zeit war er in Sektor 23. Sie hätten kein Standbein. Sie würden vielleicht kreischen, aber sie konnte es nicht festhalten.

„Da bist du dir sicher?" forderte Jensen.

„Absolut sicher", sagte der andere.

Meek sah, wie sie ihn ansahen, und spürte ein mulmiges Gefühl in seinem Magen.

„Ich konnte nicht", sagte er ihnen. „Ich konnte es nicht tun. Ich ... ich ..."

„Mach ruhig weiter, Oliver", sagte Gus. „Natürlich wollte ich spielen. Irgendwie habe ich mein Herz an diese Tasse gehängt. Dafür wäre der Kaminsims komplett abgestaubt worden. Aber wenn ich nicht spielen kann, gibt es keine andere Seele, in der ich lieber spielen würde." Ort als du.

„Aber ich verstehe überhaupt nichts von Polo", protestierte Meek.

„Du hast es uns beigebracht, nicht wahr?" brüllte Jensen. „Du hast so getan, als wüsstest du alles, was es zu wissen gibt."

„Aber das tue ich nicht", beharrte Meek. „Du hast mich nicht erklären lassen. Du hast mir die ganze Zeit erzählt, was für ein toller Trainer ich sei, und als ich versucht habe, mit dir zu streiten und dir zu sagen, dass ich es nicht bin, hast du mich angeschrien. Ich habe nie mehr als ein Spiel gesehen." In meinem ganzen Leben habe ich es nur gesehen, weil ich das Ticket auf dem Bürgersteig gefunden habe und es von jemandem aufgehoben wurde.

„ Du hast uns also aufgehalten", jaulte Jensen. „Du hast uns zum Narren gehalten! Woher wissen wir das, aber du hast uns Unrecht gezeigt. Du hast uns das falsche Dope gegeben."

Er ging auf Meek zu und Meek lehnte sich mit dem Rücken zur Wand.

Jensen hob seine Faust und hielt sie vor sich, als würde er sie abwägen.

„Ich sollte dir einen geben", entschied er. „Wir alle hätten dir einen geben sollen. Jeder verdammte Mann in diesem Raum hat seine Trikotwette auf das Spiel gemacht, weil wir dachten, dass wir mit einem Trainer wie dir nicht verlieren könnten."

„Das habe ich auch", sagte Meek. Aber erst als er es sagte, wurde ihm wirklich bewusst, dass er tatsächlich auf Dreiundzwanzig gesetzt hatte. Sein Raumschiff. Es war natürlich nicht alles, was er hatte, aber es war das Ding, das ihm am Herzen lag ... das Ding, für das er sich dreißig Jahre lang abgemüht hatte, es zu kaufen.

Jetzt erinnerte er sich plötzlich an diese Jahre. Jahrelang habe ich mich in dem schmuddeligen Büro auf der Erde über Geschäftsbücher gebeugt, anderen Männern dabei zugeschaut, wie sie ins All hinausgingen, und hatte den Wunsch, selbst dorthin zu fliegen. Pennys zählen, damit er gehen konnte. Nur einen Cent für das Mittagessen ausgeben und Cracker und Käse essen, anstatt abends zum Abendessen auszugehen. Im Laufe der Jahre häuften sich die Dollars an … Dollar, um das Schiff zu kaufen, das jetzt auf dem Feld hervorstach, alle Schäden repariert. Sitzend, bereit für den Raum.

Aber wenn Thirty-seven gewinnen würde, würde es nicht mehr ihm gehören. Es wäre Craneys. Er hatte gerade eine Wette mit Craney abgeschlossen und es gab zahlreiche Zeugen, die dies bestätigten.

"Also?" forderte Jensen.

„Ich werde spielen", sagte Meek.

„Und du kennst das Spiel wirklich? Du hast uns nicht veräppelt?"

Meek blickte die Männer vor sich an und der Ausdruck auf ihren Gesichtern prägte seine Antwort.

Er schluckte … schluckte noch einmal. Dann nickte er langsam.

„Klar, ich weiß davon", log er.

Sie sahen nicht ganz zufrieden aus.

Er sah sich um, aber es gab keinen Ausweg. Er blickte sie wieder an, mit dem Rücken an die Wand gedrückt.

Er versuchte, seine Stimme leicht und luftig zu machen, aber er konnte das Krächzen nicht ganz unterdrücken.

„Ich habe in den letzten Jahren nicht viel gespielt", sagte er, „aber als ich ein Kind war , war ich ein Zehn-Tore-Mann."

Damit waren sie zufrieden.

V

Hinter den Kontrollen gebeugt umkreiste Meek langsam Gus' Kiste und wartete auf das Signal, halb voller Angst davor, was passieren würde, wenn es kam.

Als er nach links und rechts blickte, konnte er die anderen Schiffe des Sektors 23 sehen, die ebenfalls langsam kreisten und an deren Rümpfen rote Identifikationslichter angebracht waren.

Zehn Meilen entfernt tanzte ein riesiger leuchtender Ball in der Mitte des Weltraumfeldes und tanzte wie eine wackelnde Laterne. Und dahinter kreisten die blauen Lichter des Teams 37. Und dahinter die leuchtend grünen Weltraumbojen, die die Torlinie von Thirty-Seven markierten.

Meek lauschte aufmerksam dem Ticken des Motors und lauschte aufmerksam auf das fremde Klicken, das er kurz zuvor wahrgenommen hatte. Um die Wahrheit zu sagen, Gus' Schiff war nicht besonders gut. Früher war es vielleicht ein gutes Schiff, aber jetzt war es abgenutzt. Es war träge und reagierte langsam auf die Steuerung, es verfügte über ein Dutzend kleiner Tricks, die einen auf dem Sprung hielten. Es war zu lange den Spuren im Weltraum gefolgt und hatte im Strudel des Gürtels zu viele holprige Landungen hingelegt.

Meek seufzte heftig. Es wäre anders gewesen, wenn sie ihm erlaubt hätten, sein eigenes Schiff zu nehmen, aber nur unter der Bedingung, dass er Gus' Schiff benutzte, hatte Thirty-seven zugestimmt, ihn überhaupt spielen zu lassen. Sie hatten viel Aufhebens darum gemacht, aber Dreiundzwanzig hatte das Gesetz klar auf seiner Seite.

Er warf einen verstohlenen Blick zur Seitenlinie und sah Hunderte langsam fahrender Schiffe. Schiffe voller Zuschauer, die das Spiel verfolgen wollten. Funkschiffe, die eine abschnittsweise Beschreibung senden, die dann an jeden Radiosender im gesamten Sonnensystem weitergeleitet wird. Wochenschauschiffe, die den Zusammenstoß gegnerischer Schiffe filmen würden. Schiffe voller Journalisten, die Unmengen von Texten zur Erde und zum Mars zurücksendeten.

Als Meek sie ansah, schauderte es.

Wie um alles in der Welt hatte er sich jemals auf so etwas einlassen können? Er wollte das Sonnensystem sehen, nicht um ein Polospiel zu spielen ... vor allem ein Polospiel, das er nicht spielen wollte.

Es waren natürlich die Käfer. Ohne die Käfer hätte Gus nie die Gelegenheit gehabt, ihn zu diesem Trainergeschäft zu überreden.

Er hätte sich natürlich äußern sollen. Hat ihnen mit aller Deutlichkeit gesagt, dass er keine Ahnung von Polo hat. Er machte ihnen klar, dass er mit diesem albernen Plan nichts zu tun haben würde. Aber sie hatten ihn angeschrien und ausgelacht und ihn gemobbt. War auch nett zu ihm. Das war das größte Problem. Er wusste, dass er ein Trottel für jeden war, der nett zu ihm war. Es waren nicht viele Leute dort gewesen.

Vielleicht hätte er zu Miss Henrietta Perkins gehen und es erklären sollen. Sie hätte zuhören und verstehen können. Obwohl er sich da nicht so sicher war. Sie hatte wahrscheinlich viel damit zu tun, die Werbung in Gang zu bringen. Schließlich war es ihre Aufgabe, sich durch ihre Arbeit hervorzutun.

Gus nicht die Stelle auf dem Kaminsims abgestaubt hätte. Wenn da nicht die Titan City Junior Chamber of Commerce gewesen wäre. Wenn da nicht die ganze Aufregung um den mysteriösen Trainer gewesen wäre.

Aber vor allem, wenn er sein dummes Maul gehalten und diese Wette nicht mit Craney abgeschlossen hätte.

Meek stöhnte und versuchte sich an die wenigen Dinge zu erinnern, die er über Polo wusste. Und ihm fiel nichts ein, nicht einmal einiges von dem, was er sich ausgedacht und den Jungen erzählt hatte.

Plötzlich feuerte eine Rakete vom Schiff des Schiedsrichters ab und mit einem Ruck zog Meek den Gashebel zurück. Das Schiff gurgelte und stotterte, und einen Moment lang glaubte Meek, das Herz klopfte ihm bis zum Hals, es würde auf der Stelle explodieren.

Aber das war nicht der Fall. Es sammelte sich und sprang, drückte Meek hart gegen den Stuhl und ließ seinen Kopf zurückschleudern. Benommen griff er nach dem Abzug des Repulsors .

Vor ihnen hüpfte und zitterte die leuchtende Kugel, sprang hin und her, während die Schiffe in einem wahnsinnigen Nahkampf wirbelten und Repulsorstrahlen wie Stichmesser hervorschossen.

Zwei der Schiffe stürzten ab und zerfielen wie Streichholzschachteln. Ein dritter versuchte, eine scharfe Kurve über dem Spielfeld zu machen, geriet jedoch aus der Spur und verstreute sich über fünfzig Meilen weit.

Ersatzschiffe stürmten von der Seitenlinie herein, signalisiert durch das blinkende Licht des Schiedsrichters. Rettungsschiffe machten sich auf den Weg, um die Spieler einzusammeln, und Bergungsschiffe, um die Scherben wegzuräumen.

Für einen flüchtigen Moment hatte Meek die schwankende Kugel im Fadenkreuz und drückte den Abzug. Der Ball sprang, als hätte ihn jemand mit der Faust geschlagen, segelte über das Feld.

Meek kämpfte darum, das Schiff in Bewegung zu bringen, und schrie vor Wut über seine Langsamkeit. Verzweifelt goss er den Saft hinein und sah voller Schmerz zu, wie ein blau beleuchtetes Schiff durch die Leere strömte und auf den Ball zusteuerte.

Das Schiff ächzte in allen Gelenken, protestierte und drehte sich wie im Todeskampf, als Meek es zwang, herumzudrehen. Plötzlich gab es ein Knacken und das plötzliche Rauschen entweichender Luft. Erschrocken blickte Meek auf. Nackte Rippen hoben sich vom sternenübersäten Raum ab. Ein Teller war abgerissen worden!

Mit angespanntem Gesicht hinter dem Visier seines Raumanzugs, über die Kontrollen gebeugt, wartete er darauf, dass die restlichen Platten weg waren. Wie durch ein Wunder hielten sie durch. Einer löste sich und flatterte seltsam, als das Schiff in der Kurve zitterte.

Aber die Wende hatte zu lange gedauert und Meek war zu spät. Das Schiff mit den blauen Lampen hatte bereits den Ball und strebte auf die Torlinie zu. Irgendwie hatte Jensen genug Verstand gehabt, sich zu weigern, aus der Torwartposition gezogen zu werden, und nun stürmte er zum Abfangen.

Aber er hat seine Chance vertan. Er tauchte zu schnell ein und verfehlte sein Ziel mit seinem Repulsorstrahl um mindestens eine Meile. Der Ball segelte über die beleuchteten Bojen und der erste Chukker war zu Ende, Thirty-seven führte mit einem Punkt Vorsprung.

Die Schiffe stellten sich wieder auf.

Die Rakete zündete vom Startschiff und die Schiffe stürzten heraus. Eines der Schiffe von Thirty-Seven begann, Dinge zu verlieren. Platten lösten sich und fielen ab, eine Rakete löste sich von ihrer Verankerung und segelte tangential davon, wobei Flammenstöße ausstießen, die Strukturrippen lösten sich und verstreuten sich wie verschüttete Zahnstocher.

Repulsorstrahlen getroffen , sprang der Ball plötzlich nach oben, und Meek, der dem Spielfeld hinterherlief und genau auf eine solche Chance wartete, spielte auf den Röhrensteuerungen eine wilde Melodie.

Das Schiff reagierte mit einem Knacken, vollführte eine halbe Rolle und eine Haarnadelkurve, die Meek den Atem raubte. In der Kurve rissen zwei weitere Platten ab, aber das Schiff pflügte weiter. Jetzt lag der Ball direkt vorn und Meek gab ihm die Chance. Der Strahl traf direkt und Meek folgte ihm. Der zweite Chukker war vorbei und es stand unentschieden.

Erst als er wieder über die Ziellinie von 37 zurückkehrte, hatte Meek Zeit, sich zu fragen, was mit dem Schiff passiert war. Es war nicht mehr träge. Es war voller Reißverschluss. Fast so, als würde er sein eigenes elegantes Fahrzeug fahren. Fast so, als wüsste das Schiff, wohin es wollte, und fuhr dorthin.

Eine Andeutung einer Bewegung auf dem Armaturenbrett erregte seine Aufmerksamkeit und er beugte sich vor, um zu sehen, was es war. Er versteifte sich. Das Panel schien lebendig zu sein. Schien zu kriechen.

Er beugte sich näher und erstarrte. Es krabbelte. Daran bestand kein Zweifel. Kriechen mit Steinwanzen.

Der Atem pfiff zwischen seinen Zähnen, Meek steckte den Kopf unter die Platte. Jede Leitung, jede Steuerung strotzte vor Ungeziefer!

Einen Moment lang saß er wie gelähmt da, von den Gedanken, die ihm durch den Kopf huschten.

Er wusste, dass Gus seinen Skalp dafür haben würde. Denn er war derjenige, der die Käfer zu dem Felsen gebracht hatte, auf dem Gus lebte und das Schiff bewachte. Sie dachten natürlich, sie hätten alle auf seinem Anzug erwischt, aber jetzt war klar, dass das nicht der Fall war. Einige von ihnen müssen entkommen sein und das Schiff gefunden haben. Aufgrund der Legierungen, die darin enthalten waren, wären sie natürlich direkt darauf losgefahren. Warum sollte man sich mit einem Raumanzug oder etwas anderem herumschlagen, wenn doch ein Schiff in der Nähe war?

Nur waren es zu viele davon. Es waren Tausende in der Instrumententafel und weitere Tausende in den Bedienelementen, und so viele hätte er nicht zurückbringen können. Nicht, wenn er sie in Eimern zurückgeschleppt hätte.

Was hatte Gus darüber gesagt, dass sie sich in Metall gruben, so wie Chigger sich in menschliches Fleisch gruben?

Chiggers griffen Menschen an, um ihre Eier zu legen. Vielleicht... vielleicht....

Ein Bataillon der Käfer marschierte über die Wand eines Indikators und Meek sah, dass sie kleiner waren als die, die er damals auf Gus' Felsen gesehen hatte.

Daran bestand kein Zweifel. Es waren junge Käfer. Käfer, die gerade erst geschlüpft sind . Tausende von ihnen ... Millionen von ihnen vielleicht! Und sie würden sich nicht nur in den Instrumenten und Bedienelementen befinden, sondern im gesamten Schiff. Sie befanden sich in den Motoren und den Zündmechanismen … überall dort, wo die besten Legierungen verwendet wurden.

Meek rang die Hände und sah zu, wie sie über das Panel hinweg Fangen spielten. Wenn sie hätten schlüpfen müssen, warum hätten sie dann nicht warten können? Jedenfalls nur bis das Spiel vorbei war. Das wäre alles gewesen, was er verlangt hätte. Aber das war nicht der Fall, und hier war er, mit ein paar Millionen Käfern oder so direkt auf seinem Schoß.

Die Rakete zündete erneut und die Schiffe schossen heraus.

Die Bitterkeit nagte an ihm, als Meek das Schiff wild hinausschleuderte. Was spielte es für eine Rolle, was jetzt geschah. Gus würde ihm die Haut abziehen, Rheuma hin oder her, sobald er von den Käfern erfahren hätte.

Einen wilden Moment lang hoffte er, er würde zusammenbrechen. Vielleicht würde das Schiff auseinanderfallen, wie es einige der anderen getan hatten.

Wie der alte Hoss Shay, über den der Dichter vor Jahrhunderten geschrieben hatte. Das Schiff hatte so viele Platten verloren, dass es sich auch jetzt noch anfühlte, als würde man einen weltraumtauglichen Kastendrachen fliegen.

Plötzlich tauchte direkt vor uns ein Schiff auf, das vom Zenit herabstürzte. Meek, der seine halbherzige Hoffnung auf einen Zusammenbruch vor einer Sekunde vergessen hatte, erstarrte vor Angst, aber seine Finger handelten rein instinktiv und stocherten in Tasten. Obwohl Meek in dieser versteinerten Sekunde, die wie eine halbe Ewigkeit schien, wusste, dass die Schiffe abstürzen würden, bevor er überhaupt die Tasten berührte. Und noch während er darüber nachdachte, duckte sich das Schiff mit einem nervenzerreißenden Ruck, und sie schlitterten vorbei, wobei sich die Rümpfe fast berührten. Noch ein Ruck, und weitere Platten waren weg, und da war der Ball, direkt vor ihm, und der Repulsorstrahl schoss bereits heraus.

Meeks Kiefer fiel herunter und ein Schauer lief durch seinen Körper und er konnte keinen Muskel bewegen. Denn er hatte noch nicht einmal den Abzug berührt, und doch flammte der Repulsorstrahl auf und trieb die Kugel vor sich her, während das Schiff sich drehte und sich durch eine Masse Kampfschiffe wand.

Meek ließ die Hände schlaff an seiner Seite baumeln und starrte entsetzt und ungläubig auf. Er berührte die Kontrollen nicht, und doch war das Schiff wie etwas Verhextes. Einen Sekundenbruchteil später war der Ball über dem Tor und das Schiff drehte sich zurück, der Repulsorstrahl brach ab.

„Es sind die Käfer!" flüsterte Meek vor sich hin, seine Lippen bewegten sich kaum. „Die Käfer haben übernommen!"

Er wusste, dass das Fahrzeug, das er fuhr, nicht mehr nur ein Schiff war, sondern eine Ansammlung von Steinkäfern. Fehler, die mathematische Gleichungen berechnen könnten. Und jetzt spielen wir Polo!

Denn was war Polo außer einer mathematischen Gleichung überhaupt, ein Problem, bestimmte Kraftpunkte an bestimmten Punkten im Raum zu nutzen, um zu einem vorbestimmten Ziel zu gelangen? Zurück auf Gus' Felsen hatten die Käfer als Einheit gearbeitet, um Gleichungen zu lösen ... und die neue Luke im Schiff arbeitete auch als Einheit, um eine andere Art von Problem zu lösen ... das Problem, einen bestimmten Ball dorthin zu bringen einen bestimmten Punkt trotz bestimmter variabler und zufälliger Faktoren in Form gegnerischer Raumschiffe.

Zögernd, halb ängstlich, stocherte Meek vorsichtig nach einem Schlüssel, der das Schiff hätte drehen sollen. Das Schiff drehte nicht. Meek riss seine Hand weg, als hätte sich der Schlüssel den Finger verbrannt.

Zurück auf der Linie drehte sich das Schiff von selbst in Position und war einen Moment später wieder unterwegs. Meek klammerte sich mit zitternden Händen an seinen Stuhl. Er wusste, dass es keinen Sinn hatte, auch nur so zu tun, als würde er versuchen, das Schiff zu steuern. Es gab nur eine Sache, über die er froh war. Niemand konnte ihn dort sitzen und nichts tun sehen.

Aber die Zeit würde kommen ... und zwar bald ... in der er etwas tun musste. Denn er konnte das Schiff nicht zum Ring zurückkehren lassen. Dies zu tun würde bedeuten, die anderen dort geparkten Schiffe zu befallen und die Insekten im gesamten Sonnensystem zu verbreiten. Und diese Käfer waren definitiv etwas, ohne das das Sonnensystem auskam .

Das Schiff bebte und drehte sich und schlängelte sich durch die Gruppe der Spieler. Weitere Teller lösten sich. Als Meek nach oben blickte, konnte er durch die glänzenden Rippen die Pracht des Saturn erkennen.

Dann war der Ball über der Linie und Meeks Teamkameraden brüllten ihn in seinem Raumanzug über Funk an ... fröhliche, schadenfrohe Triumphschreie. Er antwortete nicht. Er war zu beschäftigt damit, die Steuerkabel herauszureißen. Aber es hat nicht geholfen. Während er das tat, fuhr das Schiff ungehindert weiter und häufte eine weitere Rechnung an.

Anscheinend brauchten die Käfer keine Steuerung, um das Schiff tun zu lassen, was sie wollten. Höchstwahrscheinlich hatten sie die Kontrolle über den Zündmechanismus an seiner Quelle. Vielleicht, und der Gedanke kräuselte Meeks Nacken, waren sie der Schussmechanismus. Vielleicht hatten sie sich in die Struktur des gesamten Schiffsmechanismus integriert. Das würde das Schiff zum Leben erwecken. Ein lebendes Stück Maschinerie, das dem Mann, der am Steuer saß, keine Beachtung schenkte.

Mittlerweile hat das Schiff ein weiteres Ziel erreicht...

Es gab eine Möglichkeit, die Käfer zu stoppen ... nur eine Möglichkeit ... aber es war gefährlich.

Aber wahrscheinlich nicht halb so gefährlich, sagte sich Meek, wie Gus oder das Junior Chamber oder das Thirty-Seven-Team ... vor allem das Thirty-Seven-Team ... wenn einer von ihnen herausfand, was los war.

Er fand einen Schraubenschlüssel und kroch entlang des zitternden Schiffs zurück.

In einem Wahnsinn der Angst und des Drangs nach Eile entfernte Meek die Platte, die das Gehäuse der hinteren Raketenbaugruppe versiegelte. Der Atem zischte in seiner Kehle und er kämpfte gegen die Kletten an, die die Schläuche befestigten. Es waren viele davon und sie ließen sich nicht so leicht lösen. Raketen mussten sicher verankert werden ... sicher genug, damit der atomare Feuerstoß in ihren Kammern sie nicht herausreißen konnte.

In der Zwischenzeit hat das Schiff die Rechnung angehäuft.

Lose Kletten rollten und tanzten über den Boden und Meek wusste, dass das Schiff wieder mitten im Spiel war. Dann machten sie kehrt. Ein weiteres Ziel!

Plötzlich zitterte die Raketeneinheit ein wenig und begann zu vibrieren. Meek schwang den Schraubenschlüssel wie ein Verrückter, obwohl er wusste, dass ihm höchstens Sekunden blieben, drehte noch zwei oder drei Schrauben, ließ dann den Schraubenschlüssel fallen und rannte davon. Er sprang auf ein Loch zu, aus dem ein Teller herausgerissen worden war, fing eine Rippe auf, schwang mit aller Kraft, die er hatte, und schleuderte sich in den Weltraum.

Seine rechte Hand tastete nach dem Schalter für den Raketenmotor des Anzugs, fand ihn und stellte ihn auf volle Beschleunigung. Etwas schien ihn am Kopf zu treffen und er segelte in die Tiefen der Dunkelheit.

———————————————

VI

Billy Jones saß im Büro der Werkstatt, die Zigarette baumelte an seiner Lippe und strömte Rauch in sein tränendes Auge.

„So etwas habe ich noch nie in meinem Leben gesehen", erklärte er. „Wie er das Schiff überhaupt zum Laufen gebracht hat, obwohl die Hälfte der Platten abgerissen wurde, ist mir völlig schleierhaft."

Der Mechaniker in der Latzhose blickte an den Spitzen seiner Schuhe entlang, die bequem auf dem Schreibtisch saßen.

„Lassen Sie mich Ihnen sagen, Herr", erklärte er, „das Sonnensystem hat noch nie einen Piloten wie ihn gekannt … wird es nie wieder tun. Er hat sein Schiff mit kaputten Instrumenten hierher gebracht. Koppelnavigation."

„Hab einen großartigen Artikel über ihn geschrieben", sagte Billy. „Wie er in der besten Tradition des Weltraums starb. Solche Sachen. Die Leser werden es auffressen. Die Art und Weise, wie das Schiff losließ, hatte keine Chance. Es schien auf einmal außer Kontrolle zu geraten und schwankte und bockte." fast in Saturn. Dann blöde ... das ist das Ende.

Der Mechaniker musterte sorgfältig seine Zehen. „Sie sind immer noch da draußen und spielen herum", sagte er, „aber sie werden ihn nie finden. Als das Schiff explodierte, wurde er auf halbem Weg nach Pluto verstreut."

Das innere Schloss schwang schwerfällig auf und eine Gestalt im Raumanzug trat ein.

Sie warteten, während er seinen Helm zurückschnappte.

„Guten Abend, meine Herren", sagte Oliver Meek.

Sie starrten mit offenem Mund.

Jones war der Erste, der sich erholte. „Aber du kannst es nicht sein! Dein Schiff ... es ist explodiert!"

„Ich weiß", sagte Meek. „Ich bin ausgestiegen, kurz bevor es losging. Habe meine Anzugrakete auf Hochtouren geschaltet. Hat mich bewusstlos gemacht. Als ich zu mir kam, war ich schon auf halbem Weg zum zweiten Ring. Es hat eine Weile gedauert, bis ich zurückkam."

Er wandte sich an den Mechaniker. „Vielleicht hast du einen gebrauchten Anzug, den du mir verkaufen würdest. Ich muss diesen loswerden. Er hat ein paar Käfer."

„Käfer? Oh ja, ich verstehe. Du meinst, da stimmt etwas nicht."

„Das ist es", sagte Meek. „Da stimmt etwas nicht."

„Ich habe eins, das ich dir umsonst überlasse", sagte der Mechaniker. „Junge, das war ein tolles Spiel, das du gespielt hast!"

„Könnte ich den Anzug jetzt haben?" fragte Meek. „Ich habe es eilig wegzukommen."

Jones sprang auf. „Aber du kannst nicht gehen. Sie denken, du bist tot. Sie sind auf der Suche nach dir. Und du hast den Pokal gewonnen ... den Pokal als wertvollstes Teammitglied."

„Ich kann einfach nicht bleiben", sagte Meek. Er scharrte unruhig mit den Füßen. „Ich habe Orte zum Besuchen. Dinge zu sehen. Bin schon zu lange geblieben."

„Aber die Tasse..."

„Sag Gus, dass ich den Pokal für ihn gewonnen habe. Sag ihm, er soll ihn auf den Kaminsims stellen. An die Stelle, an der er den Staub dafür abgestaubt hat."

Meeks blaue Augen leuchteten seltsam hinter seiner Brille. „Sag ihm, dass er vielleicht manchmal an mich denkt, wenn er es ansieht."

Der Mechaniker brachte den Anzug. Meek klemmte es unter den Arm und machte sich auf den Weg zum Schloss.

Dann kehrte ich um.

„Vielleicht, meine Herren..."

„Ja", sagte Jones.

„Vielleicht kannst du mir sagen, wie viele Tore ich gemacht habe. Ich habe aufgehört zu zählen, verstehen Sie?"

„Du hast neun gemacht“, sagte Jones.

Meek schüttelte den Kopf. „Muss alt werden“, sagte er. „Als ich ein Kind war , war ich ein *Zehn-Tore-* Mann.“

Dann war er verschwunden, das Schloss schwang hinter ihm zu.